I0536631

مجادله ی دو پری

اثر جبّار باغچه بان

شیراز ۱۳۰۷

بازنویسی نهایی نمایشنامه و ترتیب ورود عناصر نمایش: پروانه باغچه بان

بازنویسی نت های موسیقی: کاوه باغچه بان

پیشگفتار: ثمینه باغچه بان

Bahar Books
www.baharbooks.com

Baghcheban, Jabbar
    The Altercation of Two Angels (Persian/Farsi Edition)
Jabbar Baghcheban

Text Copyright: Jabbar Baghcheban

ISBN-13: 978-1-939099-76-1
Published by: Bahar Books, New York, 2018

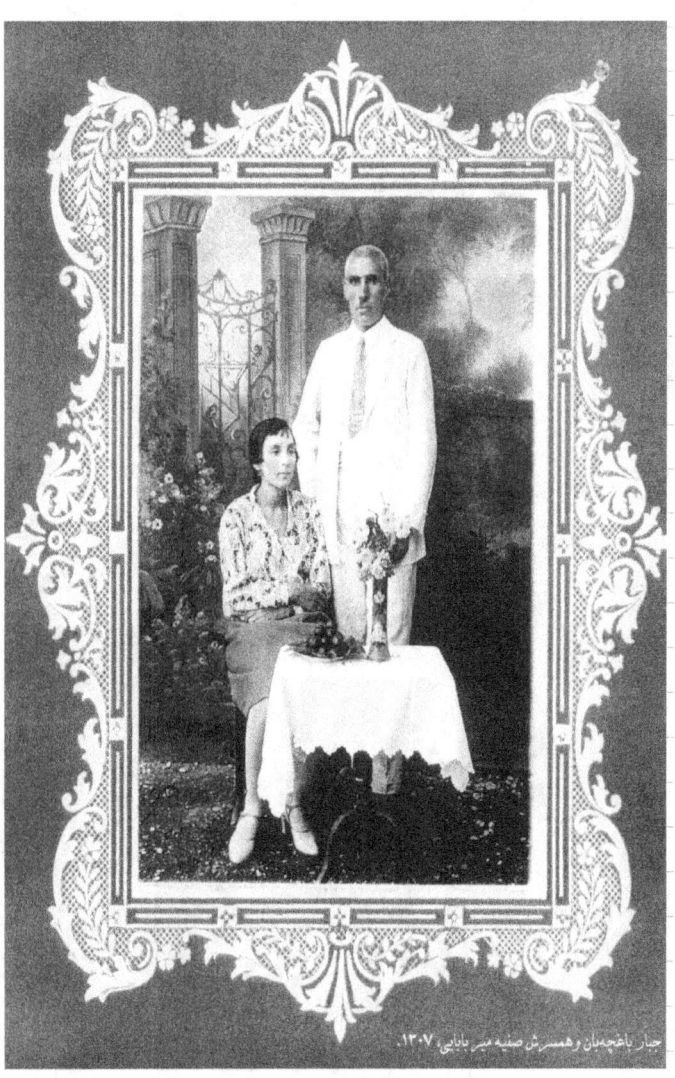

جبار باغچه‌بان و همسرش صفیه میر بابایی، ۱۳۰۷.

صحبت از باغ است و باغبان، از باغچه است و باغچه بان
صحبت از میرزا جبار خان عسگر زاده است، جبار باغچه بان

این دُرِّ یگانه کیست و در دامن چه کسی پرورش یافته است؟ تا بوده گل ها در دامان باغبان ها پرورده شده اند، اما **پدرم**، جبار باغچه بان در دامن گل پرورش یافت. این گل،کربلایی بنفشه، مادر بزرگ پدرم بود. بنفشه زنی ایرانی الأصل، زاده در ایروان، زنی دانا، با تدبیر، بزرگِ زنان محل و مشکل گشای گرفتاری های آن ها بود. طبیبی بود خود ساخته که در معالجه ی انواع بیماری های رایج کودکان و بزرگان مهارت داشت. علاوه بر این ها هنرمند بود و با ابریشم هایی که از کرم های ابریشمی که پرورش می داد، تهیه می کرد، گل ها و سروها را بر پارچه ها جان می داد. مهم تر از همه اینکه شب ها کودکان را گرد خود جمع می کرد و داستان هایی را که با ذهن خلاق خود می آفرید، در نور چراغ با سایه ی دست هایش آن ها را روی دیوار مجسم می کرد، تا بچه ها آنچه را می شنیدند در بازی سایه ها نیز ببینند و بیش از پیش مسحور شوند.

وقتی که زندگی پربار جبار باغچه بان را که سرشار از

علاقه و توجه فوق العادهٔ او به کودکان است، می خوانیم و از فعالیت های گوناگون و خلاقیت های او در زمینه ی تعلیم و تربیت کودکان با خبر می شویم، تاثیر سال های کودکی و نو جوانی او را که در کنار مادر بزرگش گذشته است، به خوبی می بینیم.

باغچه بان در سال ۱۳۰۳ اولین کودکستان ایرانی را در شهر مرند تاسیس کرد. او این کار را در تبریز و چند سال بعد در سال ۱۳۰۶ در شیراز دنبال کرد. همزمان با تاسیس کودکستان، به ابتکار خود به آموزش ناشنوایان نیز همت گماشت و این کار را با چنان جدیت و تلاشی دنبال کرد که پس از چند سال، آموزش این گروه از کودکان که پیش از آن جایی در تعلیم و تربیت کودکان ایرانی نداشتند، رشته ای مشخص و مهم در آموزش ابتدایی ایران شد. به همت او بود که در ایران چندین مدرسه به طور خاص برای ناشنوایان به وجود آمد و مربیان متخصص برای آن ها آموزش های لازم را گرفتند.

***

باغچه بان با تاسیس کودکستان، دست به کار سرودن شعرهایی کودکانه و همچنین نوشتن نمایشنامه هایی برای کودکان شد که هم سرگرم کننده و هم آموزنده بودند، شاگردان کودکستان او آن شعرها را می خواندند و آن نمایشنامه ها را اجرا می کردند. اولین نمایشنامه که "خور خور" نام داشت، به زبان ترکی بود و در کودکستان

شهر مرند اجرا شد.

علاوه بر نمایشنامه "خور خور" ، باغچه بان ۷ نمایشنامه به زبان فارسی نوشت که همه ی آن ها را کودکان کودکستان شیراز اجرا کرده اند. آن ها عبارتند از :

خانم خزوک، گرگ و چوپان، شیرِ باغبان، پیر و ترب، شنگل و منگل، پیش پرده ی جمشید و شاپور، و اپرت مجادله ی دو پری که بارها در کودکستان شیراز اجرا شد.

اپرت مجادله ی دو پری همچون نگینی در حلقه ی نمایشنامه های باغچه بان می درخشد. در این نخستین اپرت برای کودکان ایرانی، کلام و موسیقی و رقص در داستانی زیبا و آموزنده چون گیسویی زیبا بهم بافته شده اند.

این اپرت مناظره ای ست بین پریان عیش که جان خود را به ایزد بانوی بی خیالی فروخته اند و پریان زحمت که به لزوم کار و کوشش در زندگی معتقدند و به مسوولیت های خود پابند هستند.

هر دو طرف مناظره بی اینکه از دایره ی ادب خارج شوند، با زبانی شیرین، منطق خود را بیان می کنند.

به آن ها گوش کنیم:

پری عیش:

به به چه جای با فر است　　　چه مرغزار دلبر است
از باغ جنت بهتر است　　　جای صفا و عشرت است

پری زحمت:

به به چه جای با فر است   مقام عالی منظر است
سرتاسر کان گوهر است   این جایگاه همت است

پری عیش قانع نمی شود و با صدای خوش می خواند:

لاف از رنج و زحمت نزن   نظر بکن سوی گلشن
بیا گل چین از نسترن   که این دم ها غنیمت است

پری زحمت بجای اینکه برافروخته شود با مهربانی خوشه ی گندمی به او می دهد و می گوید:

چه گفتی اِی شنگل به من   چه حاصل از آن یاسمن
بیا خوشه بگیر از من   کاین تحفه ای پر قیمت است

در این مناظره هرچند هیچکدام منطق دیگری را قبول نمی کند ولی زمانی که مرغ حق میانجی گری می کند، چون سخن او را منطقی می یابند هر دو قضاوت او را می پذیرند و داستان اینگونه به پایان می رسد.

اِی مرغ تو بیان نما   گل های خوب و با صفا
یا خوشه های پر بها   شایسته ی بس خدمت است؟

مرغ (که همان مرغ حق است) می گوید:

بی گل شود کامرانی   بی خوشه نی زندگانی
زراعت کن تا توانی   که استراحت در زحمت است

این پند از من گوش دار   از تنبلی بایِست عار

در هفته ای شش روز کار   یک روز روز راحت است

این اپرت زیبا با آمدن گروهی از کشاورزان ادامه مـی یابـد، سـرودی سراسـر شـادی و امیـد را مـی شـنویم کـه بـا بزرگداشت نوروز و پیام میهن پرستی به پایان می رسد.

خورشید آمد، خورشید آمد، روز نو شد نمایان

روز نوروز، روز پیروز، وقت کار دهقانان

مبارکست، مبارکست، این طلعت منوّر

جان می دهد به کشتزار، این ضیای جان پرور

ما دهقان های ایرانی می کوشیم در این چمن

زحمت ما روح ایران، رنج ما جان وطن

در اینجا پرده می افتد.

لازم به یادآوری است که در اجرای بیـشتر نمایـشنامه هـا مادرم نیز سهمی به سزا داشت. او علاوه بر ترتیب و تنظیـم دکورهـا و صـحنه هـا و تهیـه ی لبـاس هـای گونـاگون و مناسب برای کودکان بازیگر، با نواختن تار و خواندن بخـش هایی از نمایشنامه، به اجرای کامل آن ها کمک مـی کـرد و به گیرایی و جذابیت آن ها می افزود. انگـار خداونـد پـدر و مـادرم را در سـر راه هـم قـرار داده بـود تـا فعالیـت هـای

کودکستانی پدرم با صدای خوش و آوای ساز مادرم، قــدرت بیشتری بگیرد و کارهای هنری کودکــان بــه آن هــا شــادی بیشتری ببخشد.

***

پدرم عشق خود را به ایران و افتخار به ایرانی بودن را در این جملات خلاصه کرده است:

" من مانند یک علف صحرایی، به وسیله ی بــاد و بــاران، و تابش نور آفتاب آسمان ایران ســبز شــده ام، و بــه رنــگ و بوی ایرانیت خود افتخار دارم. قدرت من، فکر من، و ایمــان من، همه ایرانی ست. "

با در دل داشتن همین عشق و بــا احســاس همــین افتخــار بود که باغچه بان کمر بــه تعلــیم و تربیــت کودکــان ایرانــی بست و سراسر عمر خود را وقف آموزش ناشنوایان کرد.

یادش گرامی!

« ثمینه باغچه بان »

ترتیب ورود عناصر نمایش به صحنه:

ابر

باد

گل بنفشه

گل لاله

گل سرخ

بلبل

خورشید

گروهی از مردم

پری های عیش

پری های زحمت

مرغ حق

گروه دهقانان

<u>سن</u>

طریق بازی یا اجرای این نمایشنامه (اپـرت) عبـارت از ایـن است که سِن فصل بهار را نشان می دهد. یک طرف صـحنه با گل و شکوفه تزئین شده و یک طرف دیگر، زراعت گندم و غیره می شود.

اطفال کوچک هر یک با قیافه های مختلفِ **ابر** و **باد** و **گل ها**، **خروس** و **بلبل** و **خورشید** و **دهقانان** و **پری ها** نقش های خود را اجرا می کنند.

اول طفلی که نقش **ابر** را دارد از یک طرف صحنه ظاهر شده و با آب پاشی که در دست دارد (مثل اینکه گلشن را آبیاری می کند) در عین حال رسیدن نوروز را بشارت می دهد.

شعر:

ای گل ها، ای درختان — من آمدم این زمان
کنم شما را سیراب — ابر نوروزم پر آب
زمستان شد رهسپار — رسید فصل بهار

از طرف مقابل او، طفلی که نقش **باد** را انجام می دهد و بادبزنی در دست گرفته، **ابر** را مجبور به فرار می کند.

شعر:

باد روشن چشم ما — ای گل ها ای سبزی ها
آمده فصل بهار — همه باشید بیدار
ایام زندگانی ست — این روز شادمانی ست

در این حال صحنه، قدری روشن تر می شود و صبحدم آشکار می گردد. پس از آن هر یک از گل ها، به نوبت خود را معرفی می کنند.

بنفشه:

بنفشه ام، خوشبویم — هم خوشرنگ و خوشرویم
من نورس گل هایم — بس زودتر می آیم
دارم از پیش آهنگی — من این همه قشنگی

لاله:

لاله گویند نامم — من یک گل بنامم
با رنگ پر شکوهم — زینت دشت و کوهم
از آفتاب نوروز — رنگم شود دل افروز

گل سرخ:

گل سُرخم دل افروز		شَه گل هایم امروز
بلبل ها عشق دارند		بر شاخه ام سُرایند
آن دَم که نیم خندم		بر سینه ها دلبندم

(در صورت بودن فضا در سن، گل های دیگر هم دیده می شوند.)

در این زمان **خروس** بانگ زده و طلوع خورشید را مژده می دهد.

شعر:

ای قوقولو، قوقولو		ای گل های کوچولو
مشرق شد آتشین رنگ		نمایشگاه قشنگ
نور خورشید نوروز		می گردد عالم افروز
ای دهقانان پا شوید		به سوی صحرا روید

(صحنه هنوز نیمه روشن است.)

پس از آن عموم گل ها، لرزان از سرما شکایت کرده، آرزوی

طلوع آفتاب نوروزی را می نمایند.

شعر:

ای رفیقان چاره چیست — هوای ما گرم نیست
سردیِ دِی می پاید — خورشید کی می آید؟
کمی مانده از سرما — تلف شویم همهٔ ما

اینک **بلبلی** وارد صحنه شده و مژدهٔ نوروز را می دهد.

شعر:

مژده، مژده، مژده ها — ای سبزی ها، ای گل ها
جیکی جیکی جیکی جیک — جیکی جیکی جیکی جیک
خورشید نوروز از کوه — در می آید باشکوه
جیکی جیکی جیکی جیک — جیکی جیکی جیکی جیک
همه تان بهر سلام — باشید حاضر تمام
جیکی جیکی جیکی جیک — جیکی جیکی جیکی جیک

در این لحظه با ورود (با طلوع) **خورشید**، صحنه کاملا روشن می شود.

شعر:

من خورشید نوروزم   جهان را می افروزم

به کوه می دهم تاب   برف ها را کنم آب

کِشت ها را کنم سبز   از اسفناج، از کرفس

نعنا، ترخون، ریحان   از تابشم گیرد جان

با رنگ های قشنگ   به گل ها می زنم رنگ

پنبه پُر از مو شود   سفید و دلجو شود

از تابش نور من   گندم آید به خرمن

برنج، عدس، هم بلال   از من می گیرد کمال

گوجه، گیلاس، آلبالو   انگور هم شفتالو

انار، هلو، گلابی   نارنج، لیمو، باقالی

چغندر، هم بادمجان   همه از من گیرد جان

کدوها مثل کوزه   هندوانه، خربوزه

از من می گیرند احسان   که می آیند به میدان

بعد از این گرم باشید   سر سبز و نرم باشید

از یک طرف صحنه، گروهی شادی کنان و سرودخوانان وارد می شوند.

سرود گروهی (نت ضمیمه ی الف):

خورشید آمد، خورشید آمد، روزِ نو شد نمایان (۲)
روز نوروز، روز پیروز وقت عیش و نوش مان (۲)
در برِ این نور و گرما می اندازیم بزم سور (۲)
زیر این گل های نوروز عیشی باید هر زمان (۲)
با صدای عندلیبان کوک باید کرد تار (۲)
دان دان دان دان دان دان دان (۲)

این گروه نیز از طرف دیگر صحنه خارج می شوند، و از پس آنها، **پری های عیش** با حالت سرور و وجد داخل صحنه شده، از گل ها چیده، خود را زینت می دهند و در حالیکه دسته گلی می سازند، می خوانند:

آواز گروهی (نت ضمیمه ی ب):

ایام نوروز آمده   بَه بَه چه خوش روز آمده
چه روز فیروز آمده   هنگام ذوق و بهجت است (۲)

در این هنگام **پری های زحمت** از طرف دیگر صحنه وارد می شوند و زمین های زراعی را نشان داده و می خوانند:

آواز گروهی (نت ضمیمه ی ب):

نوروز آمد، نوروز کار   مبارک ست این روزگار

نوروز ما، نوروز کار   هنگام سعی و غیرت است (۲)

پری های عیش پاسخ می دهند:

آواز گروهی (نت ضمیمه ی ب):

به به چه جای با فر است   چه مرغزار دلبر است

از باغ جنت بهتر است   جای صفا و عشرت است (۲)

پری های عیش گل می چینند و موسیقی دوام می یابد.

و اینک بار دیگر **پری های زحمت** می خوانند:

آواز گروهی (نت ضمیمه ی ب):

به به چه جای با فر است   مقام عالی منظر است

سرتاسر کانِ گوهر است   این جایگاه همّت ست (۲)

در اینجا پری های عیش معترضانه به پری های زحمت نگاه

کرده و با دست شان به گلشن اشاره کرده می خوانند:

آواز گروهی (نت ضمیمه ی ب):

لاف از رنج و زحمت مزن		نظر بِکُن سوی گلشن
بیا گل چین از نسترن		که این دم ها غنیمت ست (۲)

پری های زحمت با ملایمت جواب می دهند:

آواز گروهی (نت ضمیمه ی ب):

چه گفتی ای شنگل به من		چه حاصل از آن یاسمن
بیا خوشه بگیر از من		کین تحفه ای پرقیمت ست (۲)

(در این صحنه در دست **پری های زحمت**، خوشه های گندم است.)

پری های عیش می خوانند:

آواز گروهی (نت ضمیمه ی ب):

غافل مشو تو این چنین		بیا صفای گل ببین
عیشی بکن، راحت نشین		کین بارگاه لذت ست (۲)

پری های زحمت پاسخ می دهند:

آواز گروهی (نت ضمیمه ی ب):

بیا بشنو این خوش خبر		اگر هستی صاحب نظر
گاوآهن و گندم نگر		این کارگاه زحمت ست (۲)

پری های عیش می گویند:

گلشن من دارد صفا

پری های زحمت پاسخ می دهند:

خوشه ی من، بس پُر بها

در این اثنا **مرغ حق** خودش را به میان آنها می اندازد و
می گوید:

این چه قیل و قال است آیا؟   این چه بحث و چه صحبت ست

در این زمان **پری های عیش** و **پری های زحمت**
همزمان خطاب به **مرغ حق** می خوانند:

ای مرغ تو بیان نما	گل های خوب و باصفا
یا خوشه های پر بها	شایستۀ بس خدمت ست

مرغ حق با شعری پاسخ می دهد:

بی گل شود کامرانی	بی خوشه نِی زندگانی
زراعت کن تا توانی	که استراحت در زحمت ست
این پند از من گوش دار	از تنبلی بایَست عار
در هفته ای شش روز کار	یک روز، روز راحت ست

۱۸

در اینجا دسته ای از **دهقانان** وارد می شوند و موسیقی عوض می شود و در حالیکه همه (گل ها، دهقانان، و پری ها) به خورشید اشاره می کنند، با هم سرود «خورشید آمد» را می خوانند:

سرود گروهی (نت ضمیمه ی الف):

خورشید آمد، خورشید آمد، روز نو نمایان	(۲)
روز نوروز، روز فیروز، وقت کار دهقانان	(۲)
مبارک ست، مبارک ست، این طلعت مُنوّر	(۲)
جان می دهد به کشتزار، آن ضیاء جان پرور	(۲)
ما دهقانان ایرانی، می کوشیم در این چمن	(۲)
زحمت ما، روح ایران، رنج ما، جان وطن	(۲)

و پرده می افتد ...

« نت الف » همراه با نمونه ی سرودها

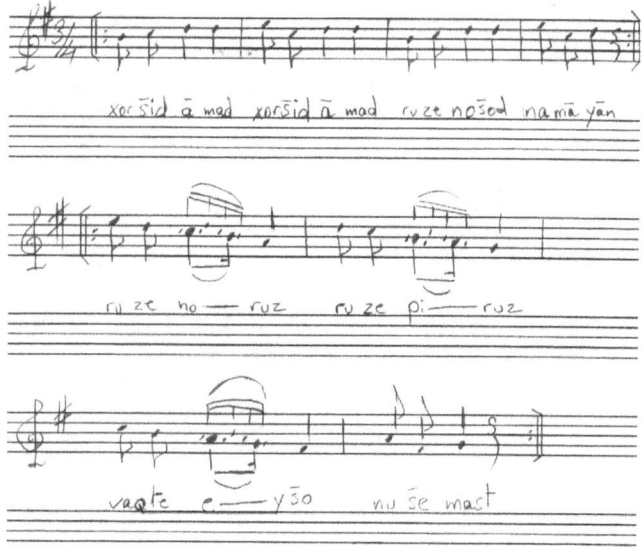

xorsid ā mad xorsid ā mad ruze nosod namā yān
ru ze no — ruz ru ze pi — ruz
vaqte e — yšo nu še mast

« نت ب » همراه با نمونه ی سرودها

no ru zā mad no ru ze gār mo barak ast in-ru ze gār
no ru ze ma no-ru ze kār hen gāme sa yo- peyra tast